나의 별

_____ 에게

우주 어딘가에 있는 그대에게

우주
어딘가에 있는
그대에게

아직 만나지 못한 당신을 기다리는
한 뮤지션의 작은 고백들

수많은 생각들로 가득 찬 누군가의 마음은
수많은 별로 이루어진 마치 하나의 우주와도 같다.

어느 여름 날, 어제를 닮은 하루의 끝을 걸으며 밤하늘
을 올려다보았다.

지난밤에 보았던 수많은 별들은 오늘도 아름다운 빛을
잃지 않은 채 다들 안녕할까.
빛의 부재가 빚어낸 이 까만 밤은 어제의 농도만큼 어두
울까.
혹여 아끼던 어떤 별을 하나 떨어뜨리고는 어둠이 더 짙
어지진 않았을까.

불현듯 헤아릴 수조차 없는 우주 어딘가에서 부지런히
내게 날아오고 있을 어느 별빛에 생각이 머물렀다.

나에게 삶은 여행이다.
'마음'이라는 우주 너머 유일한 나의 별을 찾아 떠나는
어떤 동화처럼. 가슴 설레는 모험이기도 하다.

저 밤하늘의 달이 빛으로 나를 지켜 주듯, 혼자여도 결
코 혼자가 아니라는 믿음이 있기에 이 초행길이 두렵지
않다.

꽤나 긴 여행이 끝날 무렵, 한 가지 사실을 알게 될지도
모르겠다.
언젠가 반드시 맞닿을, 이름 모를 당신과 나의 마음이
그리 다르지 않음을.
아직 만나지 않은 눈부신 당신과의 깊고 오래된 인연을
믿기에, 그 믿음은 오래지 않아 나에게 부응할 것임을.

우주 어딘가에 있는
당신을 만날 날을 기다리며
장서우

첫 번째 별
'사랑'

사랑한다, 별빛보다 ── 더 순수한 널

사랑한다는
말은

사랑한다는 말은

달과 별이 전부인 줄 알았던

나의 작은 밤하늘,

그 너머에서 발견한

당신이라는 우주를 체험하고 싶다는 것.

당신의 경이로움이

쉽게 이해되지 않더라도

순수한 호기심을 잃지 않고

생을 바쳐 천착하는 천체물리학자처럼

언제나 당신이라는 우주 안에 머물 것이라는 약속.

그대가
설령
스쳐 가는
인연일지라도

★ 우주
  어딘가에
  있는
  그대에게

연애의 끝은 두 갈래의 길로 나뉜다.

영원을 약속하며 더 많은 책임을 나누는 삶을 함께하는 것. 아니면, 각자의 길로 돌아가 맞닿을 수 없는 별개의 삶을 살아가는 것.

그동안 나를 스쳐 간 인연들 중 특별히 나쁜 기억으로 남은 사람은 없다. 당시에는 이해할 수 없어서 꽤나 힘들게 끝냈더라도, 시간이 지나면서 그저 나와는 다른 사람이었을 뿐이라고 이해했다.

나와는 맞지 않았던 다른 종류의 사람.
그렇게 숱한 인연들 속에서 나는 조금씩 성장했다.

마음속에 어떠한 결론을 두더라도 삶이라는 것은 늘 뜻대로 흐르지 않는다.
내가 할 수 있는 건 지금 내 곁에 다가온 인연에 감사하고 진심을 다해 사랑하는 것. 그렇게 믿고 아껴 주는 것.

고백컨대 지금 난 당신이 좋다.

그대가 설령 스쳐 가는 인연일지라도.

사랑한다면

★ 우주
어딘가에
있는
그대에게

사랑이라는 그 이름 아래
얼마나 이기적인 욕심을 채우려 했나요.

사랑한다면
상대를 그저 편안하게 해주세요.
사랑하는 이의 걸음걸이 속도에 맞춰 주세요.
앞서가기 전에 먼저 배려해 주세요.

손잡고 한껏 멀리 뛰어가고 싶겠지만
사랑하는 이가 뛸 준비가 채 되지 않았다면
곁에서 조금만 기다려 주세요.

마음의 문

★ 우주
어딘가에
있는
그대에게

내 마음을 스스로 여는 법을 몰라서
당신이 손수 열어 주길 바랐다.

보스턴의 밤

우주
어딘가에
있는
그대에게

살을 에는 듯한 눈바람조차 서로의 온기로 무뎌졌던 보스턴의 밤이 떠올라요

낭만이라 불리던 것들이 덧없는 추억으로 바래지는 사이 시간은 고집스럽게도 흘러 서로의 안부를 물을 수조차 없는 이곳으로 밀어냈죠

함께 써 내려갔던 촉촉한 단어들 뒤엔 마침표 대신 쉼표를 덧대어 그날의 문장을 이어 갑니다,

앙상해진 내 마음이 잉걸불을 불어 되살아난 불씨처럼 타오를 수 있길

그렇게 간절히 기도하다 별안간 당신과 서 있던 그 계절이 홀연히 사라졌음을 알았어요

기적이라는 단어

처음 마주한 꽃의 향기가

내게 낯설지 않은 것은

오래전 어떤 예감 덕분이었다.

그간 한 손에 고이 간직했던

작은 물음표 하나를 꺼내

다른 시간 속에서 날아온

너에게 처음 건넸다.

우리의 여백은 별안간

서로를 꼭 닮은 느낌표로 채워졌고

이내 페이지를 넘겨

기적이라는 한 단어를 발견했다.

너와 나의 거리

서로의 마음이 떨어진 거리는 고정된 상수가 아니며,
시간을 매개로 지금 이 순간에도 변화하는 값이다.

너와 나의 거리는
어제와 오늘, 그리고 내일 조금씩 다르다.

엊그제까지 꽤나 가까웠던 사이가
내일 아침 네가 있는 보스턴의 햇살이 꽤나 강해서
아니 어쩌면 뜻밖의 비가 내려서
멀어질 수도 있다.

우린 그래도 가까운 사이 아니었냐며
왜 내게서 멀어졌냐며
너를 탓하고 싶어도 그럴 수 없다는 것을 안다.

언제 다시 희미해질지는 몰라도 일단은 여기까지.
애석하지만 돌아올 시간은 언젠가 돌아오며
잊어질 시간은 곧 잊어진다.

받아들이자.
오늘 창가 너머 눈부신 햇살과
더없이 맑은 저 하늘을 거부할 수 없는 것처럼.

★ 우주
어딘가에
있는
그대에게

너와 나의 인연을
기나긴 낮과 밤의 역사 안에서 바라본다면,
'기적'이라는 2음절 단어 외에는
달리 표현할 길이 없다.

더 이상
두 사람이 아닌

우주
어딘가에
있는
그대에게

사람은 좀처럼 변하지 않기에
누군가를 바꾸려는 노력은 부질없다고 한다.

그런데
사랑 앞에서는
왜 이토록 쉽게 변하고 마는 걸까.

두 사람이 만나 시작된 사랑의 시작점과 끝점엔
두 사람이 아닌, 서로 다른 네 사람이 서 있다.

우주 어딘가에 있는
그대에게

태초 이래 낮과 밤의 역사를
단 한 장의 종이 위에 담아 본다.

빛의 존재와 빛의 부재가 무수히 교차되어 온
긴 시간의 축을 따라가다 보면
그 끝자락에
너와 내가 맞닿은 한 점이
작지만 또렷하게 아로새겨져 있다.

오래전 낮과 밤이 탄생하고
이 아름다운 우주의 질서가 정립된 그 무렵,
너와 나의 만남이 약속되어 있던 게 아닐까.

어떤 미움은
사랑과
닮아 있었다

★ 우주
어딘가에
있는
그대에게

어느 날, 아침에 일어나 보니 내 안에 너를 미워하는 마음이 성큼 자라났다.

널 미워하는 내 감정을 변호할 수 없는 건, 너를 왜 미워하게 됐는지 알 수 없었기 때문이다.

그 무렵 난 글을 쓰기 시작했다. 덧없이 소모되는 감정의 자취를 백지 위에 남겨 보려 했다.

어떤 변명이라도 좋으니, 오늘 아침 햇살이 유독 눈부신 걸 네 탓으로 돌려 볼까.

한없이 너를 미워하다가 그리워하고 떠올렸다가 보고 싶어 하고 다시 좋아했다가 또 야속해하고 미워하기를 반복한다.

어느새 내 하루의 일부는 널 미워하는 시간이 되었다.

네가 미워질 때마다 끼적이던 글들을 모으니 비로소
알 것 같다.

어떤 미움은 놀랄 만큼 사랑과 닮아 있었다는 것을.

보내는 사람의
말은
받는 사람을
닮는다

우주
어딘가에
있는
그대에게

보내는 사람의 말은
받는 사람을 닮기 마련이다.

너에게 부치는 나의 말이 예쁜 것은
사랑스러운 널 닮아서일 거야.

지금 이 순간
네가 내 곁에 없어도
너를 생각하는 것만으로도
날 감싼 공기는 포근해져.

그 온기 사이로 떠오른
작지만 달콤한 이 말풍선 끝에
널 닮은 예쁜 말들을 묶어
너에게 띄운다.

보고 싶었어요

우주
어딘가에
있는
그대에게

보고 싶었어요.

그런 의미에서
당신과 나의 외로움은
감출 수 없는 박약한 마음이 아니라,
서로가 성숙에 이르기 위한 도정이기를.

긴 새벽 끝자락에서 어렵지 않게
난 당신을 알아보고 안아 줄 거예요.

그리고 말할 거예요.

"보고 싶었어요."

그 사람을
부디 지켜 주세요

우주
어딘가에
있는
그대에게

지금 어디에 있는지
어떤 모습으로
어떤 시간 속에 살고 있는지
아직은 모릅니다.

만일 인연이라는 게 존재한다면
언젠가 만나게 될 그 사람을
첫눈에 알아보게 해주세요.

조바심 내지 않아요.
그 시간 동안 그 사람과 제가
진정한 사랑을 알고 받아들일 수 있을 만큼
충분히 성장하고 성숙하게 해주세요.

서로가 서로의 향과 색에 이끌려
먼 길을 걸어오는 동안
그 사람이 지치지 않게, 아프지 않도록 해주세요.

지금 세상 어딘가에 있을 그 사람이
이 순간도 행복한 시간을 보냈으면 좋겠어요.

그 사람을 부디 지켜 주세요.

★ 우주
어딘가에
있는
그대에게

외롭지 않으려 서로를 찾아 헤맸건만,
정작 함께였을 때 더 외로워지다가
다시 혼자가 되기도 한다.

왜
그 사람을
좋아하게 된 걸까

왜 그 사람을 좋아하게 된 걸까.

"그 사람의 어떤 장점 때문이었을까?"라고 묻는다면 반드시 그런 것만은 아니라고 말하고 싶다.

그 사람만이 가진 어떤 속성에 이끌려 호기심을 갖게 되고, 조금씩 그를 알고 싶어지는 것이다.
이것은 매력이라는 단어로 말할 수는 있어도, 꼭 누구나 인정할 만한 객관적인 장점이라고 할 수는 없다.

나는 어떤 사람을 좋아하게 되면, 나에게만 특별한 그 사람의 장점이 생긴다.
누구에게나 빼어난 외모는 아니더라도, 그녀의 짝쌍커풀조차도 내게는 세상에서 가장 아름다워 보인다.

그 사람의 말투, 행동, 표정, 취향을 알아 가며, 그와 같은 색깔로 서서히 물들어 가는 시간이 마냥 행복하다.

그런 사람이 되길

함께 있을 때

굳이 말이 없어도 편안하고

단지 곁에 있는 것만으로

서로에게 위로가 되는 그런 사람.

서로 다른 시간을 걸어오는 동안

가슴에 긁힌 크고 작은 상처는 보듬어 주며

서로의 손을 꼭 잡고

한 걸음씩 나아가며 성장하는 그런 사람.

어깨를 스쳐 가는 숱한 인연들과는 다름을

온전히 느낄 수 있는 그런 사람.

당신을 온전히
이해하지
못하더라도

★ 우주
어딘가에
있는
그대에게

나와 조금 다른 마음의 결을 가진 당신을
어쩌면 온전히 이해하지 못할지도 몰라요.
그럼에도 당신을 서서히 알아 가는
이 시간이 그저 좋아요.

언젠가 내 앞에 툭 떨어진
당신이라는 미지의 작은 우주를
다는 이해하지 못하더라도
내게 오롯이 전해지는 그 선한 온기를 믿어요.

기다릴게

우주
어딘가에
있는
그대에게

인내심이 부족한 나는 기다리는 것을 정말 못했다.

그나마 세월이 나에게 기다리는 법을 조금은 가르쳐 주었지만 여전히 내겐 힘겨운 과제다.

가깝게는 일상에서 당장 누군가의 연락을 기다리는 것, 멀게는 언제 돌아올지 알 수 없는 사람을 기약 없이 기다려야만 하는 것.
이것은 아마 내가 느끼는 가장 큰 정신적 고통 중 하나일 것이다.

기다려야 하는 대상을 잠시 잊고, 일상의 다른 일에 집중하며 사는 것이 해결책임을 알지만 그것마저 쉽지 않다.

잊으려 할수록 순간순간 더 또렷해지고 나도 모르게 집착하게 되는 것은 무슨 영문인지.

나에게 기다린다는 것은 그저 기다릴 수밖에 없는, 기다림을 당해야만 하는 사람에게 내려진 일종의 형벌과 같다.

그런 의미에서 "기다릴게"라는 나의 말은 결코 허투루 뱉을 수 없는, 꽤나 큰 무게감을 지닌 선언이다.

기다릴게

타이밍

우리가 꼭 만나야 할 인연이라고 믿는다면
너무 조바심 내고 서두르지 말아요.

서로의 꽃을 피워 낼 계절이 다시 돌아올 때까지
각자의 시간 속에서 충분히 생장하기로 약속해요.

사랑하면 닮는다

우주
어딘가에
있는
그대에게

그렇다.

사랑하면 서로 닮는다는 말은 진실이었다.

아니, 애초에 서로 닮아서 매력을 느꼈을지도 모르겠다. 서로 좋아하고 사랑하게 되면 우선 말투와 표정부터 닮아 간다. 그저 좋아하니까 상대를 따라하고 싶어지고, 또 특별히 의식하지 않아도 자연스레 따라하게 된다.

그녀를 만나기 전까지는 관심 없었지만, 그녀 때문에 좋아하게 된 것들이 얼마나 많았던가.

내겐 없던 그녀만의 소소한 취향부터 그녀의 언어 속에 자주 등장하던 형용사와 감탄사까지, 이제 나의 삶과 글에 자연스레 녹아들고 있다.

못내 위안이 되다

보고 싶은 사람은
너무 멀어 볼 수 없었고
내 삶은 좁은 틈에 끼인 채
마치 무빙워크 위에 서 있듯
어딘가로 떠밀려 가고 있었다.

그럴 때마다 먹먹한 마음을 둘 데 없어
바깥 하늘만 멍하니 올려다보곤 했다.

대지 위에 있는 모든 것은
천천히 조금씩 변해 갔지만
하늘만은 언제나 그대로였다.

하늘을 바라볼 때마다
누군가가 지켜 주는 듯한
깊은 안도감을 느끼는 건
그 때문이었다.

저 하늘 위로 손을 뻗어도 닿을 수 없는
눈부신 햇살과 예쁜 구름, 달과 별들을
모두 너라고 생각하니
못내 위안이 되었다.

마음을
열지 못했던
나였지만

★ 우주
어딘가에
있는
그대에게

어린 나의 마음은
그 크기와 방향이
일정치 않게 제멋대로 자라난 탓에
아침의 마음과 저녁의 마음을 포개어 보면
모서리가 미묘하게 어긋날 때가 많았다.

그동안 사랑 앞에 마음을 쉽게 열지 못했던 것은
사랑이 아닌, 나를 믿지 못했기 때문이리라.

너를 만난 후 모든 게 달라졌다.
언젠가 움튼 나의 마음은
너라는 햇살 아래서 늘 같은 자리에 미동 없이
너만을 바라보고 있었다.

최초의 시인

북악스카이웨이에서 밤하늘을 멍하니 쳐다보다 저 빛나는 수많은 천체에게 서로 다른 이름을 붙인 이들이 누구일지 궁금해졌다.

문득 내 안의 이 다채로운 감정들 앞에 이름을 붙인 이들은 또 누구인지 알고 싶어졌다.

이름을 부여받지 못한 미지의 별들이 존재하듯, 어쩌면 아직 발견되지 않은 채 너와 나 사이를 부유하는 미지의 감정들도 있진 않을까 하는 호기심이 생겼다.

너를 향한 나의 애틋한 감정 앞에 사랑이라는 이름을 최초로 붙인 건 누구일까.

그는 왜 사랑을 언어로 표현하려 했으며, 사랑이라는 단어로 그가 말했던 첫 번째 문장은 무엇이었을까.

어쩌면 이런 내 감정 앞에 사랑이라는 이름을 붙인 그가

진정한 인류 최초의 시인이 아니었을는지.

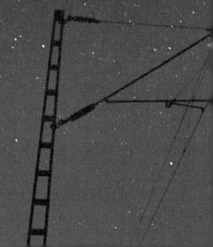

우리 이야기는
음악이 되어

우주
어딘가에
있는
그대에게

모든 것에는 끝이 존재한다지만
우리 사이의 끝은 생각하고 싶지 않아.

단지 이 순간을 오래도록 간직하고 싶어서
우리 이야기를 노래로 썼어.

시간이 흘러도 어느 음악 영화에서처럼
너와 내가 이 음악 안에서만큼은
영원할 수 있기를 바라며 말이야.

두 눈을 감은 채
느껴 봐

달콤한 언어는 사랑의 반응 속도를 높이고
원형 그대로 남아 있는 촉매일 뿐.
고로 사랑 안에 너무 많은 언어가
빽빽하게 들어설 필요는 없다.

굳이 말하지 않아도
그저 두 눈을 감은 채
포개진 두 심장을 따라 전해지는
숨결을 느끼는 것으로도 충분하다.

두 번째 별
'사람'

누군가 이유 없이

————————

그리운 날

예감

서로 특별히 친한 것도 아니고
어떤 연결 고리가 있는 것도 아닌데,
살다 보면 아주 가끔씩
왠지 이 사람과는 훗날 언젠가
특별한 인연이 시작될 것 같다는
예감이 들 때가 있다.

마치 예전부터 알았던 사람인 양
그리고 꼭 다시 만나기로 약속한 사이처럼,
서로의 퍼즐 조각들은 하나둘 맞춰지고
오래전 그려 놓았던 작품이
이윽고 눈앞에 드러날 것처럼.

다짐

★ 우주
어딘가에
있는
그대에게

내가 가본 적 없는 길 위에 서 있는 그의 생각과 행동이 내 입장에서는 도통 이해되지 않을 때가 있다.
그럼에도 나는 언제나 그를 나와 동등한, 한 삶의 주체로서 존중할 것이다.

존중한다는 것은 미소를 꾸며 내거나 그의 어깨에 억지로 힘을 보태는 게 아니다.
그의 말과 행동에 나의 알량한 편견을 들이밀지 않고, 있는 그대로 그를 바라보고 이야기를 들어주는 것이다.

어쩌면 나를 이해하지 못하는 또 다른 누군가가 나를 존중해 주길 바라며, 나는 그렇게 그를 변함없이 존중할 것이다.

다음 이야기

미처 완성되지 못한 우리 이야기는
여전히 초고에 머물러 있고
채울 수 없는 빈 병의 잔향만이
엇갈린 시간의 행방을 알려 준다.

너와 약속했던 행복은
닿을 수 없는 먼발치에서
야속하게 이죽거리고

더는 쓰일 수 없는 우리의 다음 이야기는
아직 너의 손길을 기다린다.

진심일지언정

당신에겐 제아무리 가치 있는 진심일지언정
상대에겐 그저 부담일 수 있어요.
애써 진심을 설득하려 마요.
그는 지금 당신의 진심을 원하지 않아요.

당신이 부족해서도 아니고
그 누구의 잘못도 아니에요.
단지 서로가 맞지 않았을 뿐.

당신은 이렇게 소중한 사람인데…
부디 당신의 가치를 더 아끼고 사랑해 줘요.

대답 없는 그대

아직 대답이 없는 당신에게
대답을 재촉하진 않을 겁니다.

듣고 싶은 그 대답을
바라지도 않을 거예요.

대답 없음으로 답한 당신의 뜻을
덤덤히 받아들이렵니다.

의미 없는 것의
의미

우주
어딘가에
있는
그대에게

당신의 무관심에서조차 긍정의 의미를 찾아내려 했던 날들이 있었다.

어느 순간 당신과 나 사이에 그 의미가 존재하지 않음을 깨달았다. 그럼에도 나는 애써 부재의 의미를 부여하려 했다.

당신의 사랑과 관심 속에서 내 존재의 의미를 찾아 헤매던 시절이었으니까. 당신이 더 이상 나를 사랑하지 않는다는 사실을 받아들이면 나의 존재를 부정하는 것만 같았다.

무관심에는 애초에 아무런 의미가 없으며, 의미 없는 것에는 의미를 부여할 이유가 없다.

이 자명한 사실을 받아들이기까지 나는 적잖은 세월을 겨울 바다 위로 흘려보내야만 했다.

무관심에는 의미가 없어

햇살처럼 밝고 사랑스러운 당신이
때론 어둡고 차가워지는 것은
이 세상의 밤과 낮을 쏙 닮은
아름다운 존재이기 때문이에요.

다름에 이끌리고
다름에 어긋나다

오랫동안 다른 모양, 다른 결로 살아온 두 마음이 하나가 된다는 것은 좀처럼 쉽지 않다.

처음엔 서로 다르다는 것에 매혹되고 사랑에 빠지지만, 바로 그 다른 지점 때문에 영영 단절되기도 한다.

다름은 어느 누군가의 틀림이 아니다.

서로의 다름에 이끌리다 그 다름에 어긋나고 상처받기도 하지만, 나를 나답게 하는 그 다름을 미워하거나 포기하지 말 것.

정확히 맞아 떨어지는 두 퍼즐 조각처럼 서로의 다른 이음매를 꼭 채워 줄 인연이 멀리서 다가오고 있다.
믿을 것. 그리고 꼭 찾아낼 것.

부모님

오늘의 내가 존재할 수 있었던 이유.

서로의 필연적인 시차 때문에
내가 가장 환하게 세상을 비추게 되었을 무렵,
당신들은 서서히 빛을 잃고 수축하는 별이 되었다.

그렇게 당신들과 나는
어긋난 시간 위를 걷다
결국 예정된 이별을 맞이한다.

다른 관계와 달리
결코 머리가 마음을 앞설 수 없는
세상 유일한 존재.

나는 당신들의 귀한 선물인 동시에
영원히 갚아야 할 빚이다.
감사드리고 한없이 죄스럽다.

너에게만큼은

세상사람 모두에게

좋은 사람이 되길 바라지만

그것은 두 팔을 벌려

날아오르길 바라는 백일몽이다.

너에게 난 좋은 사람일 수 있지만,

누군가에게는 좀 별로인 사람일 수도 있다.

누가 날 어떻게 생각하든

적어도 너에게만큼은

늘 좋은 사람이 될 수 있길.

그저 난 네 편이니까.

반성의 시간

★ 우주
어딘가에
있는
그대에게

제법 많은 것들을 가졌다고 믿었을 무렵, 온전히 나의 복이라 자만한 채 그 가치를 제대로 알지 못했다.

어릴 때부터 외로움을 타는 성격 탓에 늘 친구를 많이 사귀려 했고, 친구가 많아졌을 때는 언제까지나 곁에 마냥 머물 줄만 알았다.

먼저 연락을 하지 않아도, 굳이 답장을 빨리 하지 않아도.

그러나 졸업, 취직, 결혼 등, 인생의 굵직한 관문들을 넘을 때마다 익숙해서 미처 소중한 줄 몰랐던 사람들은 하나둘 멀어져 갔다.

그땐 어렸고 미숙했다.

어쩌면 나이를 먹는다는 것은 후회나 미련 같은 단어들
과 친해지는 과정일지도 모르겠다.

이유 없이
그가 싫은 이유

우주
어딘가에
있는
그대에게

유독 그 사람의 단점이 눈에 거슬리고

이유 없이 그가 밉고 싫다면

어쩌면 그 단점이 내 안에도 존재해서가 아닐까.

내가 싫어하는

나의 어떤 모습을 닮은 그를 볼 때마다

깊숙이 숨겨 둔 내 치부가 드러나는 것만 같아

마음이 어지간히 불편한 것이다.

미워하는 마음
보존 법칙

내가 누군가를 미워하게 되면
그로부터 약간의 시차를 두고
또 다른 누군가가 나를 미워한다.

마치 나를 중심으로 나가고 들어오는,
미워하는 마음의 총량이 보존되는 것처럼.

누군가를 미워할 때는 미처 자각하지 못한다.
그러다 내가 그 사람에게 미움받으면
그제야 스스로를 되돌아보게 된다.

과거에 그 사람에게 던진
나의 미움이 온당했는지
다시금 생각하게 되는 것이다.

선 미움
후 오해

때로는 오해가 미움을 낳는 게 아니라, 미움이 오해를 만든다.

그를 오해해서 그가 미워진 게 아니라, 그가 미워서 내 마음대로 그를 오해하고 싶어지는 것이다.

본디 오해라는 것은 엉켜 버린 사실관계만 잘 풀어내면 이성적으로 해소될 수 있다.
반면, 미움은 그것과 별개인 감정의 영역에 존재한다.

일단 누군가를 미워하게 되면 그 감정을 합리화하려, 그의 모든 것을 삐딱하게 오해하기로 결정하는 것이다.

또 다른 모순

"나는 이런 사람이야. 잘 알아 둬."

내심 이렇게 사람들 앞에 소리 높여 말하지 않고도
모두에게 나를 온전히 이해받길 바라다가

"넌 원래 이런 사람이잖아."

막상 누군가가 이렇게 못 박아 버리면
"아니야, 꼭 그렇지만은 않아. 다른 면도 있어!"라고
반박하고 싶은 건 왜일까.

매일 같이 나 자신을 성찰하며
새로운 나를 발견하고 정의하고 있지만,
정작 타인이 나를 함부로 규정하면
왠지 모르게 반감이 생긴다.

나 스스로를 인정하고 타인 앞에 드러내는 것과

타인이 나를 바라보며 나름대로 판단하는 것은

조금 다른 문제였다.

그날의 호감

우리가 어쩌다 이렇게 가까워졌는지
기억이 잘 나지 않는다.

그저 어느 순간,
너와 내가 좋은 추억을
꽤나 많이 가지고 있다는 걸 깨달았다.

너라는 사람을 왠지 더 알고 싶고
함께 웃고 싶은 마음 외에는
목적도 방향도 없던 그날의 호감.

그것이 너를 향한 나의 첫 감정이었나 보다.

나를
의심했던
시간

우주
어딘가에
있는
그대에게

오래전 언젠가

내 마음에 작은 가시들을 깊숙이 박아 두었다.

행여나 여린 내 마음이 상처받을까 두려워서.

다가오는 타인의 마음을 밀어낼 재간이 없어

그렇게 내 작은 가시들로 그들을 흠집 냈다.

모나고 못났던 마음을 홀로 품은 채

외로워해야 했던 나의 어린 시간들.

그때의 난 애먼 타인을 믿지 못했던 게 아니라,

실은 나 자신을 믿지 못했던 것이었다.

나를
존중하지 않는
사람

★ 우주
어딘가에
있는
그대에게

어렸을 때는 누군가가 나를 이유 없이 싫어하거나 깎아
내릴 때 적잖이 마음의 상처를 받았다.

부당하다고 느끼면서도 동시에 그 사람의 생각을 바꿔
보려 했다. 웬만하면 관계를 원만하게 회복하려 애썼던
것이다.

그러나 세월이 흐른 지금은 생각이 다르다.
나를 존중하지 않는 사람과는 관계를 이어 갈 이유가 없
다는 것을 알았다.

존중하는 법을 모르는 사람에게, 나의 시간과 감정을 소
모하면서까지 존중을 가르쳐 줄만큼 삶은 길지 않다.

서로를 소중하게 아껴 주며 만남 자체가 서로의 행복이
되는, 그런 사람들만 만나기에도 인생은 짧다.

인연을 잇지 않아도 되는 사람

◀◀ ▶ ▶▶

나의 슬픔 뒤편의 기쁨까지도
진심으로 나눌 존재가
단 한 명이라도 곁에 있다면…

마음을
드러내지
못하는 건

마음을 쉽사리 드러내지 못하는 건
단지 그만큼 마음을 아끼기 때문일까.

아니면 마음을 다루는 데 아직 서툴고
스스로도 못 미덥기 때문일까.

마음을 어렵사리 꺼냈는데
누군가의 말 한마디에 흠집이라도 날까 봐,
애처롭게 바스라지기라도 할까 봐,
생각보다 가벼운 탓에
멀리서 불어오는 바람에 휙 하고 날아갈까 봐,

두려운 건 아닐까.

그리고, 다시

나를 스쳐 간 모든 사람들은 나의 삶에 크고 작은 영향을 미쳐 왔다.

숱한 인연 덕에 웃고 울었으며, 때로는 한 인연이 인생의 항로를 통째로 바꾸기도 했다.

한때 삶의 방향을 바꿀 만큼 나에게 큰 영향을 주었던 사람일지라도 시간이 흐르면 흔적 없이 소멸된다는 사실은 자못 허무하다.

이제는 어디서 무얼 하고 지내는지, 사소한 안부조차 물을 수 없는 추억으로만 기억될 뿐이라니.

사람과 사람이 만나는 특별한 인연을 믿지만, 인연에 집착하지는 않는다. 끝난 인연에는 후회나 미련, 미움 따위의 감정을 남기지 않으려 한다.

긴 인생의 아주 작은 한 구간을 아름답고 소중하게 채워준 사람으로서, 내 추억의 방 어딘가에 놓아 둘 따름이다.

우주의 모든 것에는 끝이 있다.

한때는 눈부실 정도로 소중했지만, 이내 그 역할을 다하고 서로가 끝을 고한 그 순간부터 인연의 진짜 가치가 드러난다.

에필로그마저 서로에게 아름답게 기억되기를.

착각

친하고 편하다는 것과 함부로 대하는 것은 엄연히 다르다.

친해서 진심 어린 쓴소리를 하는 것과, 친하다고 착각해서 자신의 비뚤어진 질투를 드러내는 것은 다르다.

친하더라도 서로 넘어선 안 될 선은 존재한다.
그 선이 바로 '존중'이다.

존중 없이 내 감정을 배설해도 되는 관계는 세상 어디에도 없다.

무관심의 역사

★ 우주
어딘가에
있는
그대에게

불현듯 예전에 자주 듣던 노래가 생각났다.

카페에 멍하니 앉아 창가 너머 햇살을 바라보다가
옛 추억이 짙게 밴 어느 노래가 아무 맥락 없이
무의식과 의식 사이를 비집고 고개를 내민다.

한때 꽤나 팬이었지만 이젠 근황조차 모르는
오래전 좋아했던 그 목소리는
더 이상 안부조차도 쉽게 물을 수 없는
나의 추억 속 어떤 얼굴을 닮았다.

소소한 행복을 나누고 위로가 되어 주던 사람들이
모래알처럼 손가락 사이로 흩어졌다.
누가 무언가를 잘못해서가 아닌데
거짓말처럼 각자의 삶에서 사라지고 말았다.

한때 열렬히 좋아하던 멜로디를
이제 듣지 않게 된 것처럼,
한때 각별했던 너와 나는 더 이상
서로의 이야기를 듣지도, 궁금해하지도 않는다.

내 곁의 모든 사람이 사라지더라도
변함없이 그대로 있는 한 사람이 있다.
바로 나 자신이다.

세 번째 별
'꿈'

★
 ★

하늘을 나는
꿈을 꾼 날에는

꿈

무언가를 꿈꾸며

그것에 닿으려는 간절한 노력이

비릿한 사투로 변질되지 않길.

그 자체로써 가치 있고

아름다운 여정이 될 수 있길.

꿈을 이루어 가는 매 순간이 고통이 아닌,

설렘으로써 내 가슴을 한껏 두드려 줄 수 있길.

뜻처럼 무언가가 되진 않더라도,

누군가에게는 영감을 주고

사랑을 안겨 주는 존재로 기억되길.

인생의 그림

오래전 커다란 백지 위에 몇 개의 선을 그었다.

고작 직선을 긋는 것인데도 처음이라 삐뚤빼뚤했다.
곡선도 그려 넣고 점들도 여럿 찍어 보았지만, 보는 이
누구 하나 이게 뭔지 알지 못했다.

계속 그리다 보니 내 손이 의도와는 다른 목적지로 가는
것만 같았다.

주어진 종이는 단 한 장뿐.
연습은 없다. 바로 실전이었다.

당시 그림 그릴 줄을 전혀 몰랐던 나는, 그렇게 시행착
오를 겪으며 그리는 법을 하나씩 배울 수 있었다.

흘러간 시간을 되돌릴 수 없듯, 인생에서는 잘못 그린 부분을 지우고 다시 그릴 수 없다.

이것은 모두에게 공평한 규칙이다.
엇나간 부분은 어떻게든 펜으로 덧대어 그림을 이어 가야 한다.
그리는 기술이 조금씩 숙달될 무렵 비로소 자신만의 그림 스타일을 알게 되고, 그때부터는 작업의 방향성이 한층 더 뚜렷해진다.

먼 훗날 작품을 완성할 즈음 나는 어떤 생각을 하게 될까.
처음에 구상했던 큰 그림을 만족스럽게 나의 화폭 위에 담아 낼 수 있을까.

내가 세상에서 사라진 후로도 내 그림만은 오래도록 남겨져 사람들이 감상하기를 소망해 본다.

★ 우주
어딘가에
있는
그대에게

그렇게 시공간을 넘어서 누군가에게 나의 그림이 작은
감명을 안겨 줄 수 있다면, 그보다 값진 삶이 있을까.

기대하는 바

꼭 이루고 싶은, 그러나 아직 이루어지지 않은 무언가를 기대하는 그 순간이야말로 진정 행복한 시간이다.

크리스마스 아침, 선물을 받기 직전의 아이처럼 말이다.

누군가는 기대가 큰 만큼 실망도 크다고 한다.
그럼에도 기대가 채워지지 않을 거라는 두려움으로 웅크리기보다는, 자신 있게 마음을 열고 혹시 모를 실망을 다스리는 법을 배우는 편이 낫다.

세상이 내 마음 같지 않다는 것을 겸허히 받아들이며, 그저 나의 인연을 믿고 내일을 마주하고 싶다.

가장
견디기 힘든
순간

오랫동안 꿈꿔 온 것들이

아득히 멀어지는 것을

아무도 없는 텅 빈 공간에서

혼자 그저 멍하니 바라봐야만 할 때.

외로움을 그다지 타지 않아

혼자만의 시간을 제법 잘 보내는 편임에도,

계획이 어그러지고

이 넓은 세상에 나 혼자 덩그러니 있는 듯한

공허감에 사로잡힐 때.

불현듯 정신이 아찔해지고

미칠 것 같은 불안감에 휩싸이면

당장 할 수 있는 걸 찾아본다.

그러나 이런 때에는 마땅한 해결책은 없다.

좌절감과 불안감은
언제나 힘을 합쳐 나를 무너뜨린다.

우울은 시차를 두고 뒤를 이어 찾아온다.
불안이 사그라지고
고통스럽고 무기력한 현실을 인정하면
비로소 우울감이 나를 포위한다.

좌절감과 외로움 속에서
극도로 불안할 때는
정말이지 아무것도 할 수가 없다.

혼자 감내해야 함을 알기에 그저 버틸 뿐이다.
견디기 힘든 이 시간이
어서 사위어 가길 기도하며.

그럼에도 이겨 내야 해 ◄◄ ▶ ►►

좋아하는
아티스트를
물어보면

누군가 내게 좋아하는 아티스트를 물어보면 왠지 말하기 조심스러워질 때가 있다.

단지 당대를 풍미하는 그 몇 개의 이름들을 읊음으로써 그럴듯한 미의식의 소유자로 추켜지는 것이 불편하다.

나 역시 예술을 하고 작품을 만드는 한 사람으로서, 누군가의 영향을 받는다는 괜한 선입견을 주기 싫다. 그래서인지 말을 아끼고 싶어진다.

제한된 시간 동안 사람을 파악해야 하는 상황이 아니라면, 시간의 간격을 너르게 두고 서로의 예술 취향을 알아 가고 싶다.

아름다운 사람

가치 있는 것들이 늘 희소하듯
당신은 아름답고 순수하기에 고독합니다.

타인의 이기심으로 가치 있는 것들이 부서지듯
당신은 때론 그들에게 치이고 상처받겠지만
나는 당신의 가치를 누구보다 잘 알아요.
그리고 당신을 신뢰해요.
타인 때문에 부디 그 아름다움을 잃지 않기를 바라요.

잊지 않는 습관

매일 하루를 시작할 때 잊지 않고 하는 일이 하나 있다.
바로 이루고 싶은 꿈을 노트에 직접 쓰는 것.

그 소원들이 머지않은 언젠가 이뤄질 것임을 믿고, 기분
좋게 노트에 하나씩 써 내려간다.

어제 적었던 소원과 오늘의 소원은 대개 비슷하다.
하루도 거스르지 않고 쓰다 보니 어느새 하루의 작은 의
식처럼 되었다.

매일 아침 노트에 나의 꿈을 적고 나면 무엇보다도 기분
이 좋아진다. 삶의 목표를 늘 새롭게 깨닫고 그 꿈에 한
걸음씩 다가가게 된다.

그리고 확신이 생긴다.
그것들이 현실로 이루어진다는.

Dreams come true

이력서 위의 단 몇 줄,
몇 페이지로 정의할 수 없는
이 우주의 유일한 존재인 자신을
더 아끼고 사랑해 주세요.

믿는 대로

믿음은 우주의 순수한 빛과 닮았다.

믿음은 인생이라는 여정 내내
목적지까지 길을 밝혀 준다.

고로 믿음이 없는 삶은
어둠 속에서 길을 잃고 헤맬 수밖에 없는 것.

사랑을 믿으면 진실한 사랑을 하게 될 것이며
자신의 꿈을 믿으면 어느덧 그 꿈에 닿게 될 것이다.

아름다울 수 있다고 믿는 사람은
이내 아름다워질 것이며,
언제나 흔들림 없이 나 자신을 믿는 사람은
결국 온전한 자기 자신이 될 수 있다.

운명

전능한 존재가 준비해 놓은 각자의 삶이란 게 존재하며, 그 위에서 쓰이고 지워지는 모든 인연의 이름조차 미리 정해져 있을지도 모른다는 믿음.

그것은 불확실성 속에서 불안해하던 나에게 꽤나 낭만적으로 다가왔다.

운명을 믿는다는 것은 주체성을 잃고 수동적이게 된다는 것을 의미하지 않는다.

운명은 내가 걸어가게 될, 아직 알 수 없는 이 길 위에서 주어진 하루하루를 감사하게 여기며 기도하는 것.

그리고 때론 방향을 잃고 헤매더라도 희망과 꿈을 포기하지 않게 하는 큰 버팀목이다.

결핍으로부터

어제보다 오늘,

사람을 좀 더 성장하게 하고

세상을 진보하게 만드는 원동력은

결핍이 아닐까.

모자람이 없는, 완벽한 인간은 없다.

어떠한 결핍을 처음 자각했을 때

누군가는 열등감과 자격지심을 갖고

누군가는 그것을 뛰어넘으려는 의지를 갖는다.

그리고 후자는 그 결핍을 채워 낸다.

이렇게 결핍을 채워 본 사람은

그 과정에서 얻은 자신감을 바탕으로

자신의 또 다른 결핍들을 하나씩 채워 가며

계속해서 앞으로 나아갈 수 있게 된다.

오늘의 결핍을 부끄러워하지 말 것.

결핍되고, 그 결핍을 발견했음에 감사할 것.

감사

그때, 네가 거기에

그렇게 예쁘게 있어 줘서.

그리고 그런 너를

멀리서도 내가

첫눈에 바로 알아볼 수 있었음에.

밑줄

삶의 허무 속에 주저앉지 않고 기대를 버리지 않는 것.

때론 적지 않은 것들을 상실한 채 상처받을지언정,
끝까지 내 안의 진실된 선의를 지키고 신뢰하는 것.

아름답고 선한 존재들이
늘 나의 길을 밝혀 주고 있음을 믿고 감사하는 것.

늙는다는 것

익숙하고 반복되는 것들은 점차 늘어 가고
새롭고 낯선 것들에 호기심과 열정을 품기보단
관심을 가지지 않는 것.

덧없이
나의 별을
부르던 날들

우주
어딘가에
있는
그대에게

매일 밤 저 머나먼 곳에서 빛을 쏟아 내는 수많은 별들 중 어딘가에 나의 별이 존재할 거라 믿었다.

몇 년 전, 까만 밤에 박힌 숱한 다른 점들과는 달리, 작지만 확실하게 자신만의 빛을 발하던 그 별을 마침내 찾을 수 있었다.

나는 이내 사랑에 **빠졌다**.
나의 별을 사랑한다는 의미는 그 별을 소유하겠다는 의지가 될 수 없다.

사랑은 소유가 아니다.
사랑은 순수한 빛을 그저 바라보고 존재를 변함없이 믿어 주는 것, 단지 그뿐이다.

언젠가부터 까만 밤 아래에서 나의 별을 닮은 노래를 짓고 부르는 게 소소한 낙이 되었다.

예전에는 푸른 하늘을 좋아하던 나였지만, 이젠 달과 별이 빛나도록 뒤에서 포근히 감싸 안는 이 까만 밤을 더 좋아하게 되었다.

밤하늘 너머 좀처럼 닿을 수 없는 나의 별을 향한 마음은 그 어떤 목적이나 방향 없이 늘 여기에, 이렇게 머물러 있었다.

'인생은 자신과의 싸움이다'
이 말을 좋아하지 않는다.
단 한 번뿐인 이 삶을
차가운 전쟁터로 여기고 싶지 않다.

불행의 근원

대부분 불행의 근원은 나 자신에 대한 의심에서 비롯된다.

단 한 번의 실패도, 절망도 없는 삶은 어디에도 없다.

때론 바라던 바가 엎어지고 사랑하는 이가 떠나갈지도 모르는 게 우리의 인생.
당장 내일이 먹구름 속에 가려져 막막할지도 모른다. 그럼에도 스스로에 대한 믿음을 저버려서는 안 된다.

자신의 가치를 스스로 신뢰하지 못한다면, 시간은 더 냉정하게 불안이 가득한 미래로 우릴 내몰고 말 것이다.
우리를 강하게 키우기 위해.

반대로 내가 나를 변함없이 굳게 믿는다면, 시간은 반드시 그 믿음에 부응한다.

훗날의
또 다른 오늘

우주
어딘가에
있는
그대에게

오랫동안 가슴에 품어 온 나의 꿈과 내가 점점 닮아 간다는 사실에 이따금 놀라곤 한다.
오래전 막연히 열망하던 그 일을 지금 즐겁게 하고 있고, 먼발치에서 동경하던 사람들과 어느덧 우정을 나누고 있다.

한때는 하는 일마다 어그러지고 불행이 마치 하루 일과 같던 날들을 버텨야만 했다.
그런 불안감 속에서 나에 대한 의심이 움틀 때에는 밤하늘 아래 멍하니 별들을 바라보며 노래를 짓기도 했다.

어떤 순간에도 나다운 방식으로 나 자신을 믿어 주려 했다. 그 결과, 스스로를 더 아끼고 사랑할 줄 알게 되었다.

이제는 확신한다.
오늘 간절히 꿈꾸는 미래의 나는, 바라던 대로 오늘의 나와 한 점에서 맞닿아 훗날 또 다른 오늘이 되어 있을 것임을.

무뎌지다

당시에는 너무나 간절했으나
원하는 것을 결국 갖지 못하고
소중하게 아끼던 존재들만 되레 잃어버린 채
거센 시간에 휩쓸려 온 기억이 제법 있다.

소망과 욕심,
집착과 기도의 차이를 몰라서
아이처럼 떼를 써보다가
제풀에 지쳐 쓰러져 무기력한 날들을 보내곤 했다.

마음이 낡고 무뎌진다는 건
어쩌면 신의 마지막 배려가 아닐까.

닿을 수 없는 간절함으로 절망하던 시간이
이젠 누가 건드려도 아무렇지 않을 추억이 되었다.

결코 놓지 못할 것 같던 사랑도
먼 풍경 너머로 아스라이 덤덤하게 사라졌다.

취향에 대하여

좋아하는 음악, 영화, 책, 그림, 패션 또는 연인까지도.

한 사람의 취향이라는 게 순수하게 그게 좋다는 의미일까.
취향이 곧 한 사람의 정체성을 대변한다고 치자.
그렇다면 무언가를 함부로 좋아하고, 그것을 좋아한다
고 공공연하게 드러내는 게 상당히 조심스러워지겠지.

어쩌면 타인에게 좀 더 있어 보이는 취향을 가진 사람으
로 비춰지길 바라는 게 아닐까.
나의 안목과 높은 가치를 증명하려는 수단으로써 무언
가를 좋아하는 것이라면, 그것이 진정한 취향이라고 할
수 있을까.

그것을 정말 좋아한다고 말할 수 있을까.

만약 연인과 정말 사랑해서 함께 있고 싶은 게 아니라,
단지 연인을 타인에게 과시하고자 인형처럼 곁에 두려
하는 것이라면, 그 관계는 어떤 의미가 있을까.

어쩌면 무언가를 순수하게 좋아한다는 것은 생
각보다 큰 용기를 필요로 하는 것일지도 모르
겠다.

좋아하는 감정만큼은 타인의 시선에서 벗어나
진심으로 좋아할 수 있는, 그런 용기 말이다.

좋아한다는 것

큰 그림의
한 조각

완성되지 않은 큰 그림의 한 조각만 떼어 바라보면
이해가 안 되거나 우스워 보일지도 모른다.
아직 누구도 예상할 수 없는
큰 그림의 퍼즐 조각들을
홀로 맞춰가는 과정은 그래서 외롭기만 하다.

그럼에도 우리는 자신을 믿어야 한다.
끝까지 확신을 잃지 말아야 한다.

언젠가는 이 사소하고
우스꽝스러운 모든 조각들이
원래 있어야 할 각자의 자리에 꼭 맞게 들어가,
멋진 그림이 될 것임을 의심하지 않아야 한다.

스스로에 대한 의심보다 더 악독한 적은 없다.

꿈이 있는 사람

어렸을 때는 누군가가 내게 꿈이 뭐냐고 물으면 나중에 어른이 되어서 하고 싶은 일, 다시 말해 어떤 직업을 말하곤 했다.

하지만 어릴 때 그토록 되고 싶었던 어른이 되고, 먼 길을 돌고 돌아 결국 내가 하고 싶었던 일을 하나둘 이뤄가면서 꿈에 대한 생각이 달라졌다.

꿈은 직업 그 자체가 아니다.
'내가 어떤 삶을 살고 싶은가?'라는 큰 가치에 대한 근본적인 물음이며 동시에 대답이다.
직업은 꿈의 작은 부분집합일 뿐이다.

진정한 꿈을 꿀 수 있게 되면서 어떤 삶을 살고 싶은가를 매일 생각하고 그 흔적을 기록으로 남기고 있다.
인종, 성별, 나이를 떠나서 세상의 많은 사람들에게 무언가 도움이 되고 사랑과 행복을 나누는 삶을 살고 싶다.

때로는 방향을 잃고 역경을 겪기도 했지만, 그래도 꽤 괜찮은 사람이었다고 나를 말할 수 있기를.

제법 행복한 여행을 했다고, 먼 훗날 이런 에필로그를 남기며 편안히 눈 감을 수 있는 그런 삶을 꿈꾼다.

네 번째 별
'사색'

나의 까만 우주에 머물던

유일한 빛처럼

왠지
신경 쓰이는
밤

현재 내 삶에 중요해 보이지 않고
지금은 중요해서도 안 되는
그 무언가가 자꾸 곁을 맴돌 때

애써 차단하려고 해도,
왠지 자꾸 신경이 쓰인다면
어쩌면 내가 그것의 가치를
미처 간과하고 있는 건 아닐는지.

외로움과
고독의 차이

외로움과 고독은 다르다.

내 의지와는 별개로 타인으로부터 소외될 때
느끼는 괴로운 감정이 외로움이라면,
고독은 나 스스로 문을 열고 들어간
자기만의 방에서 이따금씩 잠기는 고요다.

주체적인 삶을 위해서는
결코 혼자됨을 두려워해서는 안 된다.

외톨이가 되라는 게 아니라
혼자만의 시간을 건강하게 즐길 수 있어야 한다.

고독의 종착역은 고립이나 단절이 아니다.
고독은 진정 내가 누구인지 스스로 알아가고,
이 넓은 세상에서 바로 서기 위한 필수 과정이다.

고독,
그 안에서
발견한 아이러니

많은 사람들과 어울린 뒤에는 반드시 혼자만의 시간이 필요했다. 소모된 에너지는 고독으로 다시 채워지는 까닭이다.

다행히 혼자 있는 시간을 제법 좋아하고 홀로 됨을 두려워하지 않는 편이다.

혼자 있을 때는 주로 작곡을 하거나 글을 쓴다. 이것은 나의 직업이면서, 동시에 방전된 내 삶을 충전하는 멋진 취미이기도 하다.
영화를 보기도 한다. 좋아하는 영화는 여러 번 봐도 질리지 않는다. 혼자 공원이나 호숫가를 걸으면서 사색하기도 한다.

그러다 홀로 있을 때 주로 사람들을 떠올린다는 걸 알았다.
어떤 물건을 생각할 때도, 나 자신을 생각할 때도 대부분 타인과 연결되어 있는 주제였다.

혼자 있고 싶어 하며 혼자만의 생각에 잠기지만,
아이러니하게도 나는 늘 사람을 생각하고 있었
던 것이다.

내가 품은 이토록 열렬한 확신이
단지 편견일 수도 있다는 것.
이것이 내 생각, 내 확신에 대한
집착을 내려놓아야 하는 이유다.

어린아이처럼

나이를 먹었음에도 유치한 짓을 할 때
흔히 어린아이의 말과 행동에 빗대어 빈정대곤 한다.

'유치하다'는 곧 '아이 같다'라는 말로 치환된다.
당신과 내가 밟아 온 옛 시절을
떨쳐 내야 할 미성숙했던 시간으로만 여기는 것이다.

그런데 생각해 보면
인생에서 가장 순수하고 맑았던
그 시절의 나는 얼마나 예뻤던가.

그토록 소중한 시절의 당신과 나를
한낱 빈정대기 위한 어른용 메타포로 쓰고 싶지 않다.

'어린아이 같다'는 말은
'아름답고 순수하다'는 의미로 다시 쓰여야 한다.

영감의 원천

일의 특성상 혼자 있는 시간이 많다.

고독을 제법 사랑할 줄 알지만, 삶의 영감은 주로 타인으로부터 받아왔다.
직접적으로는 내가 좋아하는 사람들과의 관계에서, 간접적으로는 책을 읽거나 그림을 감상하며 그 작품을 창조한 이름 모를 누군가와의 교감을 통해.

광활한 우주 속 어떤 별도 스펀지에 박힌 구슬처럼 단독으로 멈춰 선 채 존재하지 않는다.
끊임없이 다른 천체들과 상호작용하며 움직이고 성장한다.

내가 태어나는 순간부터 어머니라는 존재와의 상호작용으로 이 순간까지 건강하게 성장할 수 있었던 것처럼.
나의 삶에서 타인의 영향은 불가결하다.

'자기만의 방'에서 잠시 문을 닫고 나의 내면을 깊이 파고들어 가봤다.

그랬더니 결국 마주한 것은 나와 같은 곳을 바라보며 서 있는 유의미한 타인이었다.

편견의 행방

모든 견해는 어느 방향으로 기울어진 일종의 편견이다.

편견은 태어나는 순간부터 진리가 될 수 없는 운명이기에, 절대적으로 옳고 틀린 견해란 없다. 다만, 다수에게 도움이 되는 견해와 다수를 해치는 견해가 존재할 따름이다.

그러나 다수에게 도움이 되는 견해일지라도, 그것이 어떤 소수에겐 해가 될 수도 있다.

단지 우리는 저마다 자신에게 이로운 견해의 행방을 쫓으며, 그렇게 같은 견해를 쫓는 사람끼리 어울리려 할 뿐이다.

차라리
이기적이었으면
좋겠다

우주
어딘가에
있는
그대에게

오직 나 자신만을 먼저 생각하는 사람이었다면

이렇게 스스로 괴롭히는 마음을

여태 품고 있진 않았을 텐데.

당신을 향한 이 미련이란 거 말이야.

좋은 사람

언제나 사람으로부터 가장 큰 영향을 받아 왔다.

가깝게는 부모, 스승, 연인, 친구로부터. 멀게는 만난 적도 없는 시공간을 초월한 작가, 학자, 아티스트들로부터.

유년 시절, 아이작 뉴턴의 전기를 읽고 감명받아 이론물리학자를 꿈꿨으며, 성인이 되어서는 옛 연인 덕분에 예술가의 길로 들어서게 됐다.

나는 서서히 지속적으로 성장할 수 있었지만, 그것이 고독한 수행과 자기 성찰만으로 가능했던 것은 아니다.

의미 있는 타인이 늘 내 곁에 있었다.

나를 변화시키고 끊임없이 성장하게 한 것은 언제나 사람이었다. 그게 연인이든, 친구든, 시공간을 넘어선 어느 작가든.

좋은 사람은 나를 긍정적인 방향으로 이끌고, 좋지 않은 사람은 나의 자존감을 떨어뜨리고 우울하게 만든다.

인생은 생각보다 그리 길지 않기에, 좋은 사람들을 만나는 것만으로도 시간은 숨 가쁘게 흘러간다.

내 삶을 충만하게 하고, 발전적인 방향으로 갈 수 있게끔 힘을 실어 주는 사람. 그가 바로 좋은 사람이다.

그런 사람을 나의 연인으로, 나의 친구로 곁에 소중히 두어야 한다.

의미 있는 타인 ◄◄ ▶ ►►

소확행

우주
어딘가에
있는
그대에게

좋아하는 카페의 늘 앉던 자리에 앉아
익숙한 커피를 마시며 하루를 기분 좋게 여는 것.

이따금 하늘이 비현실적인 색감을 마구 뿜낼 때
잠시 넋을 잃고 바라보는 것.

우연히 집어든 낯선 책에서
내 마음을 쏙 빼닮은 문장을 발견하는 것.

길을 걷다가 불현듯
기분 좋은 예감이 나를 찾아올 때,
이따금 몇 년 후 행복한 미래가
영화처럼 눈앞에 펼쳐지곤 한다.

진심

진심에는 본래 아무런 목적이 없다.
고로 어딘가로, 누구에게로
반드시 통해야 할 까닭은 없다.

그저 한 사람의 가슴 안에
묵직하게 자리하고 있지만,
의도치 않게 그 향과 빛이
사방으로 잔잔히 전해질 뿐이다.

그 시절의
내가 그립다

매년 12월만 되면 가슴 설레던 그 시절의 내가 그립다. 흰 눈이 내리는 날, 아무 목적 없이 거리를 걸어도 마냥 행복했던 그 시절의 내가.

어서 한 살 더 나이를 먹고 어른이 되길 바랐던 그 시절이 그리운 건, 오늘이 만족스럽지 않기 때문일까.

타임머신을 타고 애타게 그리워하던 그 시절로 운 좋게 돌아간다 해도, 똑똑하지 못한 나는 여전히 그리움을 남긴 채 오늘과 비슷한 내가 될 텐데.

존중

타인이 나를 온전히 이해하지 못할 때
같은 마음의 길을 걸어갈 수 없음을 알 때
외로움을 다소 느끼는 사람이라면,

타인이 나를 존중한다고 느껴지지 않을 때
영혼은 상처받는다.

존중은 언제나 이해와 공감 앞에 자리한 기수다.

설사 나와는 다른,
그만의 무늬를 좋아할 수는 없어도
그를 있는 그대로 받아들이는 것,
그게 존중이다.

타인의 시선

타인의 시선을 의식하는 것은 잘못된 것이며, 타인으로부터 벗어나 온전히 홀로 서는 삶만이 옳다고 다들 말한다.

왠지 나에게는 그조차도 이 세대의 시대정신을 강요받는 느낌이다.
사회성을 아예 없애면 모를까, 우리 같은 보통의 존재들에게 타인의 시선을 제거하는 것은 불가능한 꿈과 같다.

타인을 의식하는 것은 생존본능과 맞닿아 있다.
그것을 애써 부정하고 억누르기보다는 타인을 의식하고 있음을 겸허히 받아들이는 것이 더 건강한 마음이 아닐까.

타인의 시선에서 벗어나 홀로 서보겠다는 의지가 부디 스스로를 병들게 하지 않기를.

적당한 우울

병적인 우울증이 아닌, 이따금씩 젖어 드는 약간의 우울
감은 창작의 좋은 원료가 되기도 한다.
활기가 넘칠 때와는 다른 감성으로 세상을 느끼고 표현
할 수 있어서.

여기서 말하는 '약간'의 정도란, 우울함이 일상을 무기력
하게 만들거나 자기 파괴적이지 않아야 함을 의미한다.

적당한 우울은 흑백사진과 닮았다.
총천연색의 사진에 비하면 단조롭고 차분하지만, 그 자
체로도 충분히 아름답다.

자기 자신과 타인을 파괴하는 용도로 쓰이지 않는다면,
비단 우울뿐만 아니라 이 세상에 나쁘거나 불필요한 감
정은 없다.

흔히 부정적 감정으로 분류되는 미움, 오기, 질투, 분노 따위도 이따금 적정량이 필요한 법이다.

그러한 감정들이 삶이 균형을 잃은 채 권태 속에 매몰되지 않도록 돕기 때문이다.

나와 타인의 사이에 문제가 발생하면
그 문제에만 집중해야 한다.
타인을 부정적으로 단정 짓는 말은
감정의 배설일 뿐이다.

거리 감각

조금 더 가까워지고 싶지만
얼마만큼 더 다가가도 되는 걸까.

용기가 행여 만용과 무례가 될까,
애써 용기 내어 좁힌 거리만큼
부담의 무게가 혹여 늘어날까,
괜스레 작아지는 마음.

늘 밝지 않아도 돼

타인 앞에서 늘 밝아 보이지만, 정작 그런 자신 때문에
스스로가 지칠 때도 있다.
사람들에게 비타민 같은, 긍정 에너지를 주는 사람이 되
길 바라면서 되레 자신의 진짜 감정은 홀대하는 것이다.

신은 인간의 다채로운 감정 중에서 불필요한 것은 단 하
나도 설계하지 않았다. 밝음과 어둠 사이의 모든 감정들
은 적절한 긴장과 균형을 원한다.

타인을 위해 지나치게 밝아지려고만 감정을 소모했다
면, 어두운 계통의 감정들이 하나둘 고개를 들고 존재감
을 표현한다.

간헐적으로 나를 엄습하는 우울함을 애써 감추
려 하지 말자. 있는 그대로 바라봐 주자.
소중한 연인을 대하듯 나의 감정을 잘 돌보고
아껴 줄 수 있기를.

아프면 아프다고,

힘들면 힘들다고,

때로는 눈물을 흘려도 좋다.

함부로 추억을
만들지 않는 이유

우주
어딘가에
있는
그대에게

가치 있고 소중한 것을 결코 함부로 소모하지 않는다.

추억을 함부로 만들고 싶지 않은 이유는, 추억이 소중하다는 것을 알기에 세월 속에 닳도록 두고 싶지 않아서다. 나이를 더 먹어도 여전히 아이 같은 순수함과 설렘을 간직하고 싶었다.

추억을 함부로 만들고 싶지 않은, 이런 마음을 누군가는 이해할 수 있을까.

저 멀리서 지금 내게로 다가오는 당신.
당신과 운명처럼 만나 오래도록 소중한 추억을 함께 나누고픈 이 마음을, 아직 이름 모를 당신은 이해할 수 있을까.

나다운 것

나다움을 지키려는 건전한 의지가

타인과 달라야만 한다는

강박과 아집이 되지 않길.

스스로의 손발을 동이어 묶는

'나다움'이란 얼마나 어리석은가.

그를 얼마나 오래 알아 왔다고
쉽게 판단할 수 있을까.
타인을 함부로 단정하는 것만큼
오만하고 이기적인 게 있을까.

솔직한 사람

솔직함이 언제나 미덕은 아니다.

마음의 거리를 좁힌답시고 드러낸 민낯이 때론 상대에 겐 부담이 되기도 한다.
솔직한 말과 행동은 이따금 건강한 관계를 해치고, 서로 존중하는 마음과 배치되기도 한다. 또, 타인에게 솔직해 보이는 이미지를 만드는 도구로 변질되기도 한다.

어쩌면 그것은 내 안의 낡고 해진 짐을 동의 없이 상대 에게 덜어 내려는 염치없는 이기심일지도 모른다.

누군가에게 보여 주기 위해 솔직함을 연출하지 않고, 거 울 앞에서 나 스스로를 솔직하게 마주하기로 했다.
마음이 아플 때 애써 담담한 척하지 않고 마음 을 다해 눈물 흘려 볼 것이다.

이상형

★ 우주
어딘가에
있는
그대에게

어느 로맨스 영화처럼

이름 모를 아름다운 너에게

첫눈에 반하기보다는

어떤 예감이 서서히

너와 내 안에 스며들 수 있길.

서로가 서로에게

삶의 영감을 안겨 줄 수 있는 존재라는

그런 좋은 예감 말이야.

이름 모를 너와 내가

다른 시간, 다른 공간 속에서

같은 꿈을 꿀 수 있기를.

오늘도 안녕.

아픈 영혼을 위한
처방

우주
어딘가에
있는
그대에게

잠잠하던 낮은 채도의 감정들이 어떤 계기로 이따금 표면 위로 올라와 나의 일상을 잠식하곤 했다.

그런 부정적인 감정들은 내 영혼이 지금 아프다고 내보내는 구호 신호였다.

그것은 애써 모른 척하거나 억누른다고 사라지지 않는다. 되레 더 집요하게 나를 괴롭힐 따름이다.

인간의 몸과 마음에는 자정 능력이 있어서 어느 선까지는 스스로 치유가 가능하다. 하지만 깊은 상처는 만성화되기 전에 반드시 외부의 처방이 필요하다.

나에게 있어서 그 외부의 처방이란 영혼의 아픔을 함께 공감하고 위로해 줄, 누군가의 따스한 언어였다.

연인이나 친구, 스승의 말이어도 좋고, 영화나 노래, 책 속의 문장이어도 좋다. 그 사람만의 채도와 진심이 깊이 밴 언어면 된다.

언어로써 내가 여전히 세상과 연결되어 있고, 교감할 수 있음을 오롯이 느낄 수 있다면, 그 안온함 속에 나의 상처는 서서히 치유되어 간다.

지금 이 순간에도 자라나고 있을 마음에게

슬픔을 모르는 사람처럼 눈물 흘리는 법조차 잊고 살았다.
낡고 무뎌지는 것을 영혼이 더 깊어지는 것이라 착각했다.
상처받지 않기 위해 타인을 성급히 단정 짓고 나를 방어
하기 바빴다.

마음이 투박해지고, 타인과 내 앞에 그어 놓았던 선이
서서히 풍화되어 희미해졌다.
그리고 운명처럼 너를 만났고 불현듯 깨달았다.
내가 오랫동안 길을 잃은 채 혼자 걷고 있었다는 사실을.

폐곡선의 시작점과 끝점이 서로 맞닿아 있듯
새로운 이야기는 결코 무(無)에서 출발한 것이 아니라,
어떤 엔딩이 선행했기에 시작될 수 있었다.

누군가가 이미 정해 놓은 매뉴얼대로 걷다가 덧없이 소멸하길 원치 않는다.
좋아하는 사람을 알아가고 싶은 것처럼 '나'라는 한 사람을 더 알고 싶은 마음에 나를 돌아보는 이 여행을 시작했다.

이 책의 주인공은 작가인 나일 수도, 아니면 이 책을 읽고 있는 당신일 수도 있다.

느긋한 구름들 사이로 어제보다 하루만큼 성장한 햇살에 잠시 어깨를 기대다 문득 깨달았다.
밤새 더 자라난 나의 마음까지 담기에는 이 책의 여백이 부족하다는 걸.

여행은 낯선 것들의 반복이다.
날마다 새롭게 펼쳐질 인생이라는 여행기를 멋지게 써 볼 수 있기를.

우주 어딘가에 있는 그대에게

초판 1쇄 발행 2018년 9월 20일
초판 3쇄 발행 2019년 3월 5일

지은이 장서우
펴낸이 안종남

펴낸 곳 지식인하우스
출판등록 2011년 3월 31일 제 2011-000058호
주소 03925 서울시 마포구 양화로7길 55(서교동) 신양빌딩 201호
전화 02)6082-1070
팩스 02)6082-1035
전자우편 jsinbook@naver.com
블로그 blog.naver.com/jsinbook

ISBN 979-11-85959-66-5 03810